Universo dos Livros Editora Ltda.
Rua do Bosque, 1589 – Bloco 2 – Conj. 603/606
CEP 01136-001 – Barra Funda – São Paulo/SP
Telefone/Fax: (11) 3392-3336
www.universodoslivros.com.br
e-mail: editor@universodoslivros.com.br
Siga-nos no Twitter: @univdoslivros
Siga-nos no Instagram: @universodoslivros

COMO USAR ESTE DIÁRIO

ESTE DIÁRIO FOI PLANEJADO PARA DEIXAR O SEU DIA CHEIO DE MISTÉRIO E DIVERSÃO DURANTE O ANO TODO. USE-O PARA ANOTAR SEUS PROJETOS, ORGANIZAR SUAS ATIVIDADES E DEIXAR REGISTRADO TUDO O QUE ACONTECE NA SUA VIDA. AO FINAL DO DIÁRIO, VOCÊ ENCONTRARÁ MARCADORES COLORIDOS. RECORTE-OS E COLE NO LUGAR ADEQUADO PARA ENCONTRAR MAIS FACILMENTE TODAS AS SUAS ANOTAÇÕES!

IDEIA SECRETA: PRENDA UM FIO DE NÁILON COM FITA ADESIVA NA LOMBADA DO LIVRO, BEM PERTO DA MARGEM SUPERIOR E DEIXE-O PENDURADO DO LADO DE DENTRO. VOCÊ PODERÁ UTILIZÁ-LO COMO SEU MARCADOR INVISÍVEL SECRETO!

Mi diario (secreto) de notas

Publicado bajo el sello Planeta Junior®

Diretor editorial: **Luis Matos**
Gerente editorial: **Marcia Batista**
Assistentes editoriais: **Letícia Nakamura e Raquel F. Abranches**
Tradução: **Diego Raigorodsky**
Preparação: **Luisa Tieppo**
Revisão: **Marina Constantino**
Arte, adaptação de capa e de projeto gráfico: **Valdinei Gomes**
Diagramação: **Rebecca Barboza**
Ilustração de capa: **Carolina Cortabitarte**
Projeto gráfico original: **Carolina Cortabitarte e Lorena Mallco**

Dados Internacionais de Catalogação na Publicação (CIP)
Angélica Ilacqua CRB-8/7057

B572m

Blanco, María Eugenia

Meu diário (secreto) de anotações do Gravity Falls / María Eugenia Blanco ; tradução de Diego Raigorodsky. –– São Paulo : Universo dos Livros, 2019.

80 p. : il., color.

ISBN: 978-85-503-0481-6

Título original: Mi diario (secreto) de notas

1. Diários (Livros em branco) - Literatura infantojuvenil 2. Gravity Falls (Programa de televisão) - Diários I. Título II. Raigorodsky, Diego

---

19-2123 CDD 808.883

Disney

GRAVITY FALLS

MEU DIÁRIO SECRETO DE ANOTAÇÕES DO GRAVITY FALLS

SÃO PAULO
2019

Grupo Editorial
UNIVERSO DOS LIVROS

J4N31RO

1	2	3	4
9	10	11	12
17	18	19	20
25	26	27	28

Escreva o nome dos dias com uma caneta de ponta fina.

5	6	7	8
13	14	15	16
21	22	23	24
29	30	31	

BEM-VINDOS A GRAVITY FALLS

ANOTAÇÕES

DATAS
IMPORTANTES

TAREFAS

- Arrumar debaixo da cama!!

RABISCOS
DE VERÃO AQUI

RASTREADOR DE HUMOR

BRAV@ | TRISTE | CONTENTE | EMOCIONAD@

ALEGRE | DESANIMAD@ | EMPOLGAD@ | DISTRAÍD@

Invente seu código pessoal **usando EMOJIS** e registre seu estado de espírito diariamente ao longo do mês.

ESTE ANO EU VOU...

o

o

o

o

o

o

o

o

o

o

Escreva todos os seus objetivos para não se esquecer deles! Não ignore nada: escola, esportes, artes, viagens, compras e tudo mais que você lembrar!

Cole o marcador **METAS** aqui

F3V3R31RO

1	2	3	4
9	10	11	12
17	18	19	20
25	26	27	28

Anote os dias da semana com um lápis preto.

MAIS COISAS ESTRANHAS DE GRAVITY FALLS

5	6	7	8
13	14	15	16
21	22	23	24
29			

> O que o Dipper está pensando? Escreva!

ANIVERSÁRIOS
DE VERÃO

DICAS
PARA O CALOR

o

o

o

o

o

o

o

GATICATURAS

ANOTAÇÕES

GOSTÔMETRO

	10	20	30	40	50	60	70	80	90	100
Twitter										
Instagram										
Facebook										
YouTube										

Registre a sua atividade nas redes sociais pintando os quadradinhos.

QUERO

O que você mais quer da vida?

PRECISO

Cole o marcador QUERO aqui

E o que você precisa para conseguir isso? Anote!

M4RÇO

1	2	3	4
9	10	11	12
17	18	19	20
25	26	27	28

Indique o nome dos dias usando apenas as iniciais. (Você pode usar X para diferenciar a QUARTA da QUINTA e Y para diferenciar a SEXTA do SÁBADO.)

O que a Mabel está dizendo? Complete!

5	6	7	8
13	14	15	16
21	22	23	24
29	30	31	

NÃO CONFIE EM NINGUÉM

ANOTAÇÕES

ROTINA

MATINAL

COISAS ÚTEIS

PARA COMPRAR

RABISCOS

DO INÍCIO DAS AULAS AQUI

RASTREADOR DE SONO

MUITO CEDO

CEDO

NA HORA CERTA

TARDE

MUITO TARDE

SUPERTARDE!

Invente seu código pessoal com **ANIMAIS** e rastreie a que horas você está indo para a cama todos os dias.

LUGARES QUE QUERO

NO BAIRRO

NA CIDADE

CONHECER

Cole o marcador **LUGARES** aqui

NO PAÍS

NO MUNDO

4BR1L

1	2	3	4
9	10	11	12
17	18	19	20
25	26	27	28

Escreva o os dias da semana com seu código secreto próprio.

5	6	7	8
13	14	15	16
21	22	23	24
29	30		

OS ESTRANHOS SEGREDOS DE GRAVITY FALLS

ANOTAÇÕES

DATAS

IMPORTANTES

LISTA

DE DESEJOS

RABISCOS

LOUCOS AQUI

FILTRO DE PENSAMENTOS

BOAS IDEIAS	IDEIAS RUINS

AS MELHORES

Escreva suas frases favoritas para que

FRASES

Cole o marcador **FRASES** aqui

elas te inspirem todos os dias.

M410

1	2	3	4
9	10	11	12
17	18	19	20
25	26	27	28

Escreva o nome dos dias com as letras de ponta-cabeça.

O que o Stan está dizendo? Complete!

5	6	7	8
13	14	15	16
21	22	23	24
29	30	31	

ESTRANHAMENTE ESTRANHO

ANOTAÇÕES

DATAS
IMPORTANTES

TAREFAS

GATICATURAS

RASTREADOR DE ENERGIA

CONECTAR NA TOMADA IMEDIATAMENTE

BAIXA

MÉDIA

ALTA

ALTA LIGAD@ NO 220

Invente seu código pessoal com **SÍMBOLOS** e registre seu nível de energia diariamente ao longo do mês.

POUPANÇA

Escolha seus objetivos e conquiste-os antes que o ano termine! Registre seu progresso mensalmente.

META: $

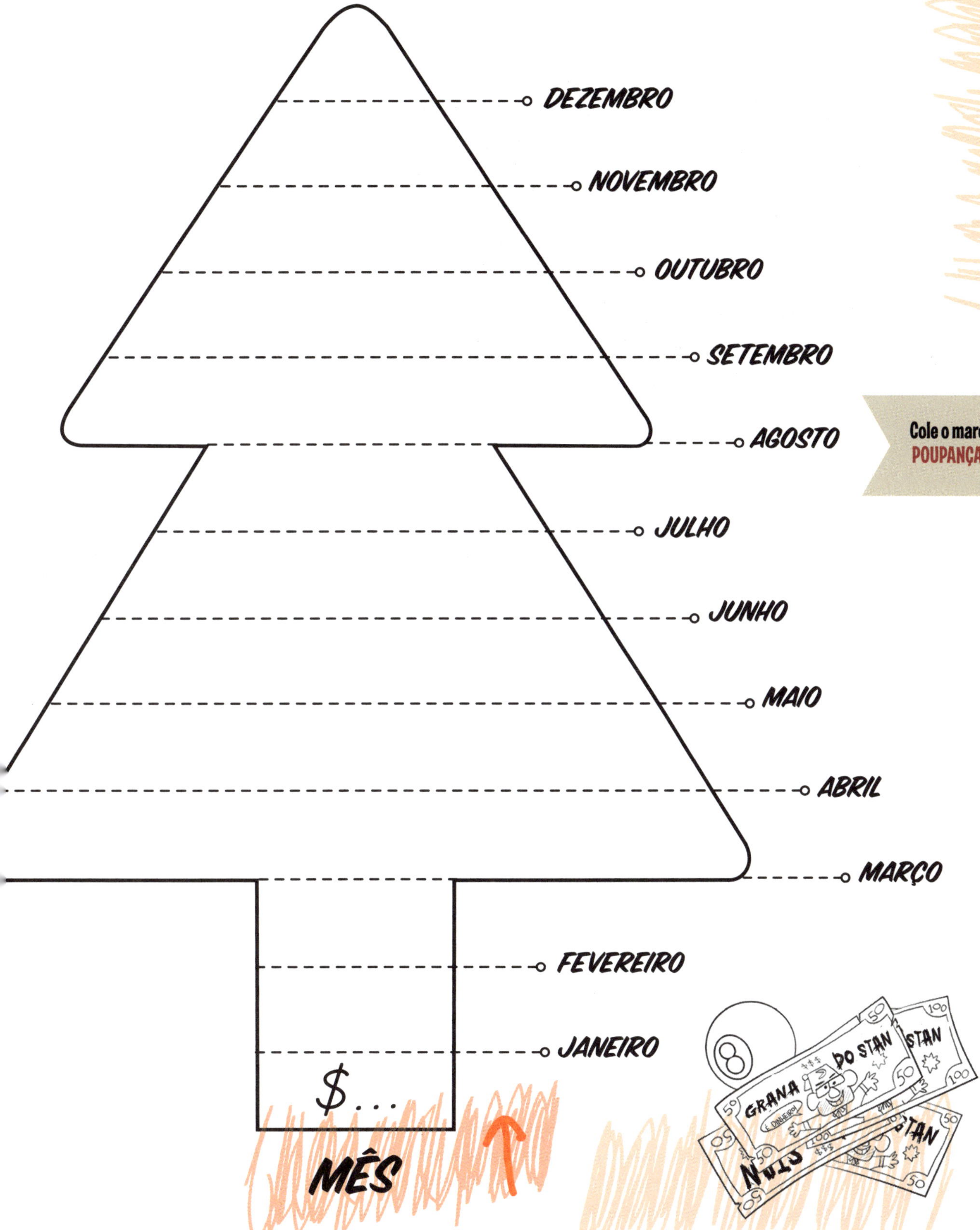

Cole o marcador **POUPANÇA** aqui

JUNHO

1	2	3	4
9	10	11	12
17	18	19	20
25	26	27	28

Escreva os dias da semana com a sua mão mais fraca.

POR QUE VOCÊ É TÃO LO-LOUCO?

5	6	7	8
13	14	15	16
21	22	23	24
29	30		

ANOTAÇÕES

ANIVERSÁRIOS
NO FRIO

SÉRIES
PARA ASSISTIR

RABISCOS
DE INVERNO AQUI

O MELHOR E O PIOR

DO MÊS

DESAFIOS!

Tente conseguir o impossível! Anote os desafios aqui e determine um prazo para cumpri-los.

QUERO CONSEGUIR...

É DIFÍCIL PORQUE...

PARA CONSEGUIR ISSO CONTO COM:

Cole o marcador **DESAFIOS** aqui

PRAZO:

JULHO

1	2	3	4
9	10	11	12
17	18	19	20
25	26	27	28

Escreva o nome de cada dia com uma cor diferente.

Escreva o grito do Dipper e da Mabel com letras coloridas.

5	6	7	8
13	14	15	16
21	22	23	24
29	30	31	

DIPPER, O GUIA DO INEXPLICADO!

RECALCULANDO!

Já passamos da metade do ano. Que tal dar uma olhada nas metas de janeiro?

CUMPRIDAS

ESQUECIDAS

EM CURSO

RASTREADOR DE EXERCÍCIOS

10 MINUTOS

15 MINUTOS

MEIA HORA

1 HORA

1 HORA E MEIA

2 HORAS

MAIS DE 2 HORAS

Invente seu código pessoal de CORES e rastreie quanto tempo você passa fazendo exercícios físicos todos os dias.

MEU CARDÁPIO

SEMANA 1

DIA	ALMOÇO	JANTAR
SEGUNDA		
TERÇA		
QUARTA		
QUINTA		
SEXTA		
SÁBADO		
DOMINGO		

EU DEVERIA COMER MAIS:

SEMANA 2

DIA	ALMOÇO	JANTAR
SEGUNDA		
TERÇA		
QUARTA		
QUINTA		
SEXTA		
SÁBADO		
DOMINGO		

O que você quer comer? Escreva os seus pratos preferidos e os que você considera saudáveis. Procure um equilíbrio entre eles!

MINHA SOBREMESA FAVORITA

SEMANA 3

DIA	ALMOÇO	JANTAR
SEGUNDA		
TERÇA		
QUARTA		
QUINTA		
SEXTA		
SÁBADO		
DOMINGO		

EU DEVERIA COMER MENOS

Cole o marcador **CARDÁPIO** aqui

SEMANA 4

DIA	ALMOÇO	JANTAR
SEGUNDA		
TERÇA		
QUARTA		
QUINTA		
SEXTA		
SÁBADO		
DOMINGO		

AGOSTO

1	2	3	4
9	10	11	12
17	18	19	20
25	26	27	28

Assinale os dias da semana do jeito que você mais gostar.

O que o Stan está dizendo?
Escreva com letras maiúsculas.

5	6	7	8
13	14	15	16
21	22	23	24
29	30	31	

BEM-VINDOS À CABANA DO MISTÉRIO

ANOTAÇÕES

DATAS

IMPORTANTES

TAREFAS

RABISCOS

DIVERTIDOS AQUI

PENSAMENTOS POSITIVOS

GOSTÔMETRO

	10	20	30	40	50	60	70	80	90	100
Twitter										
Instagram										
Facebook										
YouTube										

Registre suas atividades nas lacunas pintando os quadradinhos com lápis de cor.

PENDÊNCIAS

TAREFAS

PROJETOS

O que você sempre quer fazer, mas nunca faz?

VISITAS

ROLÊS

Cole o marcador **PENDÊNCIAS** aqui

S3T3M

1	2	3	4
9	10	11	12
17	18	19	20
25	26	27	28

Escreva os dias da semana com cores fluorescentes.

BRO

5	6	7	8
13	14	15	16
21	22	23	24
29	30		

O que a Mabel está dizendo?

ANIVERSÁRIOS
DE PRIMAVERA

TAREFAS
AO AR LIVRE

RABISCOS
DE PRIMAVERA AQUI

RASTREADOR DE AÇÚCAR

0 1 2 3 4 5

6 7 8 9 10 MAIS DE 10

Invente seu próprio código com formas GEOMÉTRICAS e acompanhe quantas guloseimas você come por dia.

ATIVIDADES

SEMANA 1	FIZ A ATIVIDADE? (SIM/NÃO)	HORAS	RESULTADO (SATISFATÓRIO, INSATISFATÓRIO ETC.)

SEMANA 2	FIZ A ATIVIDADE?	HORAS	RESULTADO

CÓDIGO

SIM

SATISFATÓRIO

SUPERSATISFATÓRIO

NÃO

INSATISFATÓRIO

SUPERINSATISFATÓRIO

Invente seu próprio código e anote aqui a frequência com que faz suas atividades preferidas (cantar, dançar, desenhar, nadar, jogar futebol, fazer ginástica...)

SEMANAIS

SEMANA 3	FIZ A ATIVIDADE?	HORAS	RESULTADO

SEMANA 4	FIZ A ATIVIDADE?	HORAS	RESULTADO

ATIVIDADE FAVORITA DO MÊS

Cole o marcador **ATIVIDADES** aqui

OUTUBRO

1	2	3	4
9	10	11	12
17	18	19	20
25	26	27	28

Escreva os nomes dos dias de trás para a frente.

CUIDADO!

5	6	7	8
13	14	15	16
21	22	23	24
29	30	31	

O que o Dipper está falando?

ANOTAÇÕES

NÃO ESQUECER

ROLÊS
DO MÊS

RABISCOS
DE DIA DAS BRUXAS AQUI

FILTRO DE ATIVIDADES

DIVERTIDAS	CHATAS
GENIAIS	**DETESTÁVEIS**

EU GOSTO DE...

MÚSICA

FILMES

Escreva as músicas do momento, os filmes que você quer ver, suas séries favoritas e os instagrammers e youtubers que está seguindo agora.

SÉRIES

REDES SOCIAIS

Cole seu marcador **GOSTO** aqui

NOV3M

1	2	3	4
9	10	11	12
17	18	19	20
25	26	27	28

Com os olhos fechados, escreva os dias da semana!

BRO

5	6	7	8
13	14	15	16
21	22	23	24
29	30		

ANOTAÇÕES

DATAS
IMPORTANTES

o

o

o

o

o

IDEIAS
MISTERIOSAS

o

o

o

o

o

o

o

GATICATURAS

RASTREADOR DE AVENTURAS

CALMO

AGITADO

TENSO

DE OUTRO MUNDO

Crie seu próprio código para indicar o nível de aventura dos seus dias durante todo o mês! Se anime em fazer COLAGENS!

DO QUE VOCÊ PRECISA?

PACIÊNCIA

ALEGRIA

CORAGEM

DIVERSÃO

TRANQUILIDADE

FORÇA

Busque aqui inspiração para enfrentar o dia, quando precisar.

UM SUPERLUTADOR
DE VIDEOGAME

ENERGIA

MISTÉRIO

UMA PRINCESA-MONSTRO

Cole o seu marcador **PRECISO** aqui

Pinte os quadros com as palavras que escolher para já assimilar a energia delas. Complete os espaços vazios com o que te der vontade!

D3Z3MBRO

1	2	3	4
9	10	11	12
17	18	19	20
25	26	27	28

Escreva os dias da semana e desenhe um varal de luzes para enfeitar o calendário desse mês.

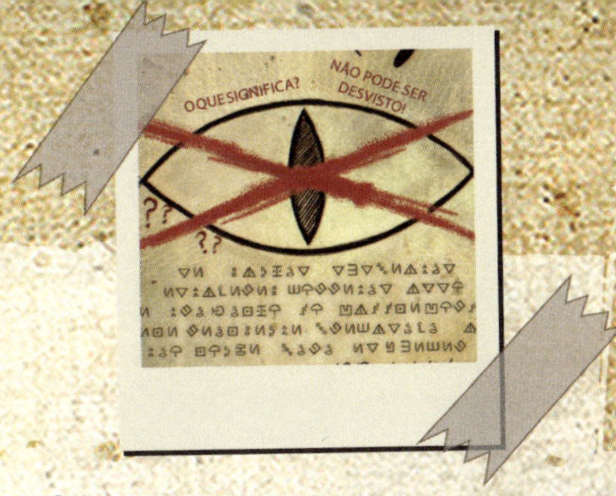

5	6	7	8
13	14	15	16
21	22	23	24
29	30	31	

ANOTAÇÕES

DATAS
IMPORTANTES

TAREFAS

RABISCOS
DE NATAL AQUI

PLANOS PARA AS FÉRIAS

VISITAR

FAZER

CONQUISTAR

LISTAS DE NATAL

LISTA DE PRESENTES

Anote absolutamente tudo sobre a melhor época do ano.

COMPRAS E TAREFAS

✓

✓

✓

✓

✓

CARDÁPIO DAS FESTAS

COMIDA:

BEBIDA:

SOBREMESA:

Cole o marcador **NATAL** aqui

AVALIAÇÃO GERAL

**Como foi o seu ano? Atingiu as metas de janeiro?
Se divertiu bastante? Escreva sua avaliação aqui!**

DO ANO

Recorte os marcadores e cole-os nas páginas correspondentes, assim dá pra encontrar mais facilmente as suas anotações neste diário. (Para que eles fiquem ainda mais resistentes, você pode colá-los em uma cartolina, para então colocá-los na página).

O que o Dipper e a Mabel estão dizendo? Pense em algo divertido!

METAS

QUERO

LUGARES

FRASES

POUPANÇA

DESAFIOS

CARDÁPIO

PENDÊNCIAS

ATIVIDADES

GOSTO

PRECISO

NATAL

Crie a reflexão final do Dipper. Capriche!